图书在版编目（CIP）数据

我们要去捉狗熊／（英）罗森、（英）奥克森伯里编绘；林良译.
—石家庄：河北教育出版社，2010.1
（启发精选国际大师名作绘本）
ISBN 978-7-5434-7358-4

I.我… II.①罗…②奥…③林… III.图画故事－英国－现代 IV.I561.85

中国版本图书馆CIP数据核字（2009）第119375号
冀图登字：03-2009-003

We're Going on a Bear Hunt
Text © 1989 Michael Rosen
Illustrations © 1989 Helen Oxenbury
Simplified Chinese translation copyright © 2010 by Hebei Education Press
Published by arrangement with Walker Books Limited, London SE11 5HJ.
No part of this book may be reproduced, transmitted,broadcast or stored in an information
retrieval system in any form or by any means, graphic, electronic or mechanical,
including photocopying, taping and recording, without prior written permission from the publisher.
through Bardon-Chinese Media Agency.
All rights reserved.
本简体字版 © 2010由台湾麦克股份有限公司授权出版发行

我们要去捉狗熊

编辑顾问：余治莹
译文顾问：王　林
责任编辑：颜　达　马海霞
策划：北京启发世纪图书有限责任公司
　　　台湾麦克股份有限公司
出版：河北教育出版社　www.hbep.com
　　　（石家庄市联盟路705号　050061）
印刷：北京盛通印刷股份有限公司
发行：北京启发世纪图书有限责任公司
　　　www.7jia8.com　010-51690768
开本：889×1194mm　1/12
印张：3.5
版次：2010年1月第1版
印次：2010年1月第1次印刷
书号：ISBN 978-7-5434-7358-4
定价：32.80元

献　给

杰拉尔丁、乔、纳奥米、
艾迪、罗拉以及艾萨克

——迈克尔·罗森

献　给

阿米利亚

——海伦·奥克森伯里

我们要去捉狗熊

文:〔英〕迈克尔·罗森　　　　图:〔英〕海伦·奥克森伯里　　翻 译:林 良

河北教育出版社

我们要去捉狗熊，
我们要捉一只大大的。
天气这么好，
没什么好怕的！

哎哟，野草！
高大摇摆的野草。
上面飞不过，
下面钻不透。

天啊！
只好硬着头皮向前走。

窸 窸 窣 窣 ！

窸 窸 窣 窣 ！

窸 窸 窣 窣 ！

我们要去捉狗熊，
我们要捉一只大大的。
天气这么好，
没什么好怕的！

哎哟，河水！
又凉又深的河水。
上面飞不过，
下面钻不透。

天啊！
只好硬着头皮向前走。

哗 哗 啦 啦！
哗 哗 啦 啦！
哗 哗 啦 啦！

我们要去捉狗熊，
我们要捉一只大大的。
天气这么好，
没什么好怕的！

哎哟，烂泥！

又深又黏的烂泥。

上面飞不过，

下面钻不透。

天啊！

只好硬着头皮向前走。

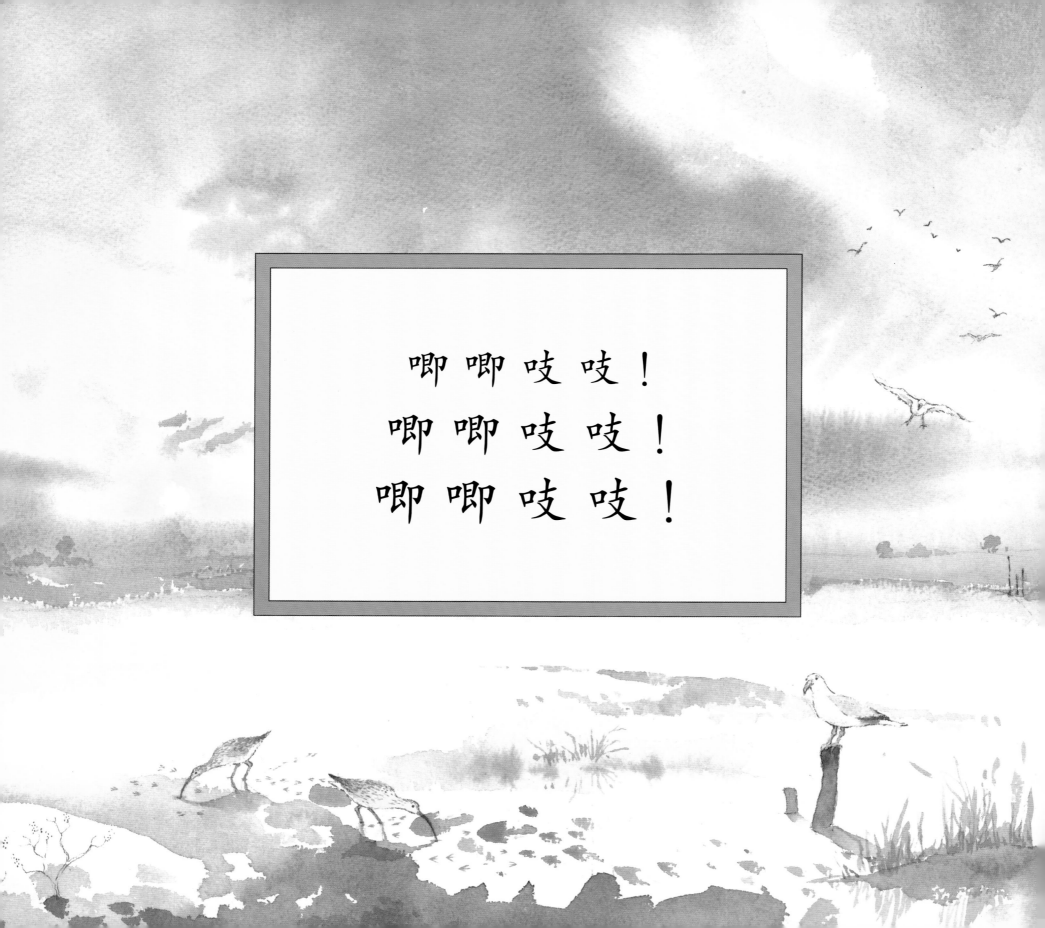

唧唧吱吱！
唧唧吱吱！
唧唧吱吱！

我们要去捉狗熊，
我们要捉一只大大的。
天气这么好，
没什么好怕的！

哎哟，树林！
好大好深的树林。
上面飞不过，
下面钻不透。

天啊！
只好硬着头皮向前走。

磕磕碰碰！
磕磕碰碰！
磕磕碰碰！

我们要去捉狗熊，
我们要捉一只大大的。
天气这么好，
没什么好怕的！

哎哟，风雪！
又急又大的风雪。
上面飞不过，
下面钻不透。

天啊！
只好硬着头皮向前走。

呜 呜 呼 呼 ！

呜 呜 呼 呼 ！

呜 呜 呼 呼 ！

我们要去捉狗熊，
我们要捉一只大大的。
天气这么好，
没什么好怕的！

哎哟，山洞！
又窄又暗的山洞。
上面飞不过，
下面钻不透。

天啊！
只好硬着头皮向前走。

蹑手蹑脚！

　蹑手蹑脚！

　　蹑手蹑脚！

那 是 什 么 ？

一个亮亮湿湿的鼻子！

两只毛毛的大耳朵！

两只圆圆的大眼睛！

是一只狗熊！！！

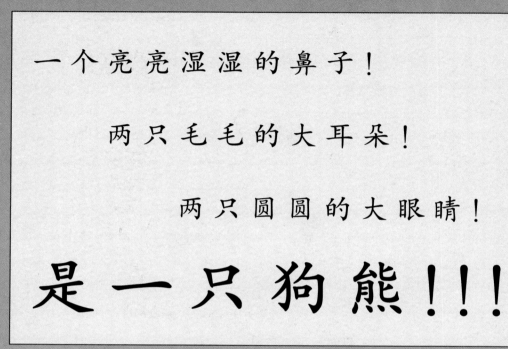

快！快跑回洞口！蹑手蹑脚！蹑手蹑脚！蹑手蹑脚！

跑回风雪中！呜呜呼呼！呜呜呼呼！呜呜呼呼！

跑回树林里！磕磕碰碰！磕磕碰碰！磕磕碰碰！

跑回烂泥地！唧唧吱吱！唧唧吱吱！唧唧吱吱！

跑回河水里！哗哗啦啦！哗哗啦啦！哗哗啦啦！

跑回野草地！窸窸窣窣！窸窸窣窣！窸窸窣窣！

跑到大门前，
打开门，
上楼梯。

天啊！
我们忘了关门。
再回到楼下。

关上大门，
回到楼上，
跑进卧房。

爬上床，
躲在
被子下！

我们再也不去

捉狗熊了。